울음 바이러스

울음 바이러스

천지경 시집

불교문예

부처님은 가장 큰 공덕이
배고픈 사람에게 밥을 공양하는 거라 했다.
장례식장 조리사인 나는
하루 수백, 수천 명 문상객의 밥을 짓는다.
영가들의 밥까지 15년째 짓고 있으니
그 공덕이 실로 어마어마하겠다 한다.
하지만 어떠한 마음으로 밥을 짓느냐에
달려있다는데, 따뜻한 마음으로 밥을
짓지 않은 나의 공덕 값은 얼마일까?
매일 땀범벅인 조리실을 빨리 벗어나 편히
살날만 고대하며 밥을 지은 나의 공덕 값은?

깔끔한 이층집 한 채 생겼고
딸아이 번듯한 직장 다니고
아들 명문대에서 장학금 받고
남편과 나도 건강한 편이다.
이만하면 불온한 내 공덕 값에 비해 보상은 충분히 받은 셈
부처님 감사합니다 앞으로는 거룩한 마음으로 밥을 짓고
더 열심히 살겠습니다.

천지경 합장

차례

제2부

제3부

제1부

봄

새벽부터 제상을 세 번 차리고 허리를 펴니
창밖이 훤하다
발인을 끝낸 장례식장 휴게실
미화부 아줌마들 의자에 앉아 잠시 쉬고 있다

신상품 속옷 광고하는 텔레비전 속
화사한 모델 배경이 온통 봄꽃이다
평소 말 없고 착실한 곱사등이 전씨 아줌마
슬쩍 던지는 한 마디
"늘씬해져서 저 옷 한 번 입어 봤으면!"

불길한 앰뷸런스 경적 그치자
또 한 묶음 통곡소리 부려진다
황급히 일어난 미화부 아줌마들
대걸레 끌고 우르르 몰려간다
왁자한 수다 밀고 간다
노란 작업복 등 어깨 주무르던 햇살
사뿟사뿟 따라간다

다정한 귀신

눈 뜨면 귀신 밥 차리고 물리고
예쁜 옷 입고 귀신 집 드나들며
귀신 옆에서 밥도 먹고 커피도 마신다
애틋한 눈길로 침대 위 귀신을 바라본다
고요히 누운 모습에 종종 목이 멘다
몇 번을 까무러치는 어머니 앞에
벌떡 일어나고 싶은 아들 귀신
따돌림 당하다 고층에서 뛰어내린 여고생 귀신
홀로 살다 웅크린 채 얼어 죽은 할배 귀신
목 맨 귀신, 약 먹은 귀신, 물 젖은 귀신
아내 따라 저승도 같이 간 남편 귀신까지
귀신이 모이는 귀신 집에 내가 산다
다정한 귀신들이 나를 먹여 살린다

구미호

당신의 간을 원해요. 진정으로 날 사랑한다면 당신의 싱싱한 간을 내게 주세요.

간을 집에 두고 다닌다고요? 요즘 말단들은 간도 쓸개도 빼놓고 살아야 된다고요?

그렇다면 집에 있는 당신의 간은 깨끗한가요? 저런, 얼마나 속을 썩고 살았는지

박박 문질러 씻어도 악취가 나서 못 먹겠군요.

저기 백수들의 간은 졸을 대로 졸아서 못 먹겠고, 집에 오면 황제처럼 행세하는

저 냉혈 인간의 간댕이는 있는 대로 부었네요.

그 옛날 순박한 당신이 간을 내놓을 때 덥석 먹었어야 했는데…….

나 이제 어디 가서 싱싱한 간을 찾아 인간이 되지?

교통사고 원인은요

또 시체 1구가 들어왔다
시내버스 교통사고란다
눈 맑은 초등생이 따라왔다
그렁그렁 강아지 눈을 하고
얼음땡처럼 굳어버린 아이
동행한 경찰이 남편인 듯한 사내에게 물었다
왜 자기 내릴 곳을 지나 그 먼데서 무단횡단하다
변을 당했을까요?
그 남자 역시 영문을 모르겠다는 듯 고개를 가로저었다
죽은 이의 언니가 말한 것이 타당하다는 결론이 났다
식당 일을 끝낸 늦은 귀갓길
피곤함에 졸다가 자기 내릴 곳을 지나쳐 엉겁결에
다시 건너다 사고를 당한 것 같다고

아이의 글썽글썽한 눈빛
십 년이 지나도 잊히지 않는

끈이 필요해요

손님이 없어 죽을 지경이라는 옷가게 선배
장례식장에 근무한다는 내 귀에 대고
목 매달 때 사용했다는 끈 말이야
그 끈이 가게에 있으면 그렇게 장사가 잘된다고 하네
나 그것 좀 구해주면 안 될까?

매스컴의 자살은 기사화된 단, 몇 건에 불과할 뿐
장례식장에 들어오는 사인은 절반이 자살
독거노인의 음독은 자식들이 쉬,쉿
우울증의 죽음은 형제들이 쉬,쉿
성적 비관의 투신에는 부모들이 쉬,쉿

목맸던 끈 가게에 두면 불티나게 팔린다는 말
맞는 말 같네요
저 끈으로 목을 매달리라! 는 심정으로 일을 하면
성공 못할 일 뭐가 있을까요?
쉬,쉿

누구도 눈치 채지 못하게 그 끈을 훔쳐다 드릴 테니

죽겠다는 생각은 제발 하지 마세요

광명진언

소망병원 장례식장 조리실은 나의 일터

옴 아모가 바이로차나 마하무드라 마니 파드마
즈바라 프라바를 타야 훔

십여 년 내가 올린 제삿밥 받아먹은 영혼들이여
내 아이들 앞날을 환하게 밝혀주소서

관세음보살

스님께서

언제나 외우라는 염불

관세음보살

어렵고 힘든 일이 생겼을 때

저절로 읊조리는 주문

관세음보살

친정어머니 편찮으신 소식이 들려올 때

관세음보살

낡아 해진 남편의 작업복을 널 때

관세음보살

형편없이 떨어진 아이의 성적표를 볼 때

관세음보살

언제나 내 입속에 붙어사는

관세음보살

울음 바이러스

장례식장엔 초고속 전염도를 가진 울음 바이러
스가 산다

한 팔에만 상복을 걸친 채 오열을 삼키는 남자

도포까지 갖춰 입은 시신이 관 속으로 안치되자

순식간에 번지는 울음 바이러스

선친의 임종 전 모습이, 불투명한 내 미래가

그들의 흐느낌 속으로 휩쓸리고 있다

죽은 자 위해 차린 거룩한 상 아래에는

고인의 체취가 아픈 사람, 산 자와 거래가 남은
사람이

자신이 다녀간 흔적들을 슬그머니 놓고 간다

향의 목숨줄 똑똑 끊어버리는 시간은

문상 온 사람들 머리 위를 잠시 배회하다

숨소리 한 번 내지 않고 소멸된다

발인 날짜 적힌 게시판 안내문은

슬픈 얼굴로 조의금을 기다리고

밤을 새워도 지치지 않는 건

화투짝 시끄러운 뜀박질뿐이다

간간히 흘러나오는 곡소리는 문상객이 왔다는
신호

머리부터 발끝까지 상복을 잘 갖춰 입은 남자는

이따금 분향소를 나와 돌아가는 자를 배웅한다

한순간 오열은 죽은 자에 대한 예의에 불과한가

울음 바이러스는 생명이 짧다

엘리베이터 눈

　입관실로 가는 젖은 눈이 엘리베이터를 탄다. 서로의 눈 외면한 채 엘리베이터 벽을 고정하고 섰다. 넋이 나간 멍한 눈을 엘리베이터 벽면이 고스란히 받아 안는다.

　영혼이 방황하는 모습을 많이 본 탓일까? 엘리베이터 스테인리스 눈은 언제나 흐려 있다.

　생사의 이별 앞에 초연한 사람은 없다. 오늘 엘리베이터를 타고 내리는 사람들은 잔잔한 호수 같다. 서로의 어깨를 두드려주며 슬픔을 자제하는 모습들이 기특하다.

　눈물 맺힌 눈 속에 참한 생을 살은 고인의 단아함이 총총히 맺혀 있다. 죽는 자는 남은 자의 행복을 진심으로 빌며 떠났을 것이다. 뭉클하다. 혼백을 소중히 안고 가는 이들을 눈부처에 새겨 넣는다.

어느 독거 남자의 주검

부패한 냄새는 어느 곳에나 있기 마련이라

남자의 주검이 구토를 동반해서야

무심한 눈들은 수상한 냄새를 직감했다

주민들 민원이 빗발치자 서장의 닦달은 시작됐다

동네 안을 숨은 그림 찾듯 뒤진 지 사흘째

셰퍼드 임 경장의 눈에 가장 먼저 띈 건

용도를 알 수 없는 여러 개의 약봉지였다

밀쳐 둔 밥상 위 군내 나는 김치의 최후를

얇은 천 되어 덮어 준 허연 곰팡이

남자 머리맡 뚜껑 열린 가스 활명수 병 옆으로

검은 상복의 개미들이 줄을 잇고 있었다

열린 방문으로 냉큼 뛰어오른 햇살

눈살 찌푸린 전화기 들었다 내리자

빛줄기 따라 영혼처럼 폴폴 날아오르는 먼지

순간, 임 경장의 얼굴이 훅하고 달아오른 건

역겨운 냄새 탓만은 아니었다

구인난 군데군데 붉은 동그라미 그려진 생활정보지들

죽은 남자의 때 절은 이부자리 옆을 뒹굴고 있다

재떨이 위 수북한 꽁초들이 하고 싶었던 말은 무

엇이었을까

발에 밟힌 모나미 볼펜 하얀 몸뚱이가

비틀, 울음을 삼키는지 기괴한 신음을 낸다

겨울 양식 비축하는 개미들 발걸음 분주하다

새벽 출근

관절의 통증이 밤잠을 쫓더니
오늘 새벽길은 더 캄캄하다
우주 사우나 지구 이용실 뱅뱅이가
슈퍼 유리문을 붙들고 울고 있다
너무 어지러워, 너무 어지러워하며
고달픈 팔자를 호소하고 있다
어디선가 숨 가쁘게 달려와
냉소를 남기고 사라지는 택시 한 대
마른 나뭇잎 몸 뒤척임에 곤두서는 귀
검은 부직포를 입은 길쭉한 것이 인도에 누워 있다
순간, 귀신 바람이 머리끄덩이 잡아당긴다
벌떡 일어설 것 같은 저 관은
어느 고단한 밥줄을 위한 노점상 갈무리
바쁜 마음 앞서 뛰는 그림자
옆을 노려보며 뒤따르는 그림자
모두 가로등 때문에 생긴 내 것인데도
등줄기를 섬뜩하게 잡아당긴다

몇 년 전 만났던 강도 놈도

그림자부터 앞세워 칼을 들이댔다

언제쯤 이 무서운 출근을 멈출 수 있을까

궁리하며 발걸음 재촉하는데

맞은편에서 자전거 페달 설렁설렁 밟고 오는 남자

고국이 그리운 외국인 노동자인가

제 나라 말로 목청껏 노래 부르며 지나간다

흘끔흘끔 내 눈치 보며

내장을 바꾸다

수년 고장 한 번 안 나던 변기통 물이 질질 샌다.
물탱크 속 부자와 사이폰 마개 낡아서 생긴 현상
이란다.

엄마, 할아버지한테서 똥냄새 나요. 모든 기억이
껍질 깎인 생감자처럼 매끈해지신 아버지,
감자 살 깊숙이 박힌 아픈 눈 몇 개는 아버지 몸
에 욕창으로 남았다.

대소변 가리는 것조차 잊어버려 수발한다 진절머
리 내는 어머니를 누님이라 부르며 먹거리에 집착
하던 아버지, 서운했던 과거의 한 토막만 되뇌다 먼
나라 가신 지 올해 십 년째다.

씻겨도 씻겨도 끊임없이 나던 지린내, 고장 난 내
장, 낡은 뇌, 새것으로 교체될 수 없던 아버지
새 부품 갈아 끼운 변기, 폭포수 쏟아내며 시원하

게 내려간다.

아버지, 하늘나라에서 새 내장으로 바꾸어 잘 살
고 계실까?

어머니 안녕히 가세요

이곳에도 꽃밭이 있네요

직계들의 오열을 무시한 채
굴속으로 사라지는 관
돌문은 한 치 망설임 없이
완강하게 산 자를 밀어내네요.
피 가래 올리던 마지막 모습이
화사하게 웃던 생전의 얼굴이
거침없이 솟구치는 검은 연기 되어
푸른 허공으로 흔적 없이 사라지고 있어요
목이 너무 아픈 땡볕 밑 영구차가
더운 줄도 모르고 하염없이 울고 있어요.
두어 시간의 기다림은 속죄의 시간이며
가혹한 형벌이에요.

꽃밭에 나비가 날아드네요.
놓아 버리면 가벼워진다는 것을

몸소 가르쳐 주고 있어요

산화되고 있는 당신 육신이

구름길을 만들고 있네요

화장터의 꽃들이 아파하네요

앞으로 꽃밭을 볼 때마다

나비가 날 때마다

당신이 생각날 것 같아요.

어머니 이제 편안하실 거예요

안녕히 가세요

욕심

이름난 점쟁이가 거지 차림의 현재 재벌을 보고
큰 그릇의 밥을 먹고살겠다고 했다
　신사 차림의 현재 거지를 보고도 큰 그릇의 밥을
먹고살겠노라 말해줬다
　재벌의 비서가 와서 따지니까 앞의 큰 그릇은 왕
대야 크기이고
　뒤의 큰 그릇은 평범한 크기의 밥그릇을 말한다
했다

　우리 아들도 역술인이 큰 그릇의 밥을 먹는다 했
는데 드럼통 크기면 좋겠다

그 사람

자칭 떠돌이 백수건달로

빵점짜리 가장임을 자책하던 사람

발걸음에 차이는 낙엽 한 겹의 무게로

가볍게 떠나라 했던 사람

빈 통장으로 가난한 새싹에게

문학 장학금을 내밀던 사람

아픈 사람 보면 주머니 탈탈 털어

병원비 보태주던 사람

성실하게 살아 너무 예쁘다고

더 열심히 살라며 토닥이던 사람

힘들지만 시도 쓰고 모임도 나오면서

사람들과 어울리라던 사람

가장 먼저 손을 내밀어

시인이 되는 길을 가르쳐 준 사람

참말로 올곧은 시인 박노정

저녁답 노을로 남은

그리운 스승님

쌍계사 금당 육조정상탑

법당 안에 탑이 있어요
탑에 손대고 기도하면 한 가지 소원은
들어준다고 하네요
모대통령이 선거 직전 와서
은밀히 소원을 빌고 갔대요
부처님 집에서 비는 소원은
나와 대통령이 동급이래요
소원 비는 사람들이 줄 지어
금당으로 들어가네요
너무 많은 소원을 들어준다고
부처님 머리가 아플 것 같아서 잠시 망설였지만
탑에 손을 꼭 붙이고
저도 소원 한 가지를 말했어요
부처님 우리 아들 딸 건강하고
부자로 살게 해주세요

나 참 더러버서

게으르기로 소문난 아들 또래의

장례식장 직원이

시신 오물 닦은 솜뭉치와

수의 자투리 널브러진 염습실 앞에서

구시렁거린다

왜 그러냐 물으니까

나 참 더러버서~ 사장이 이걸

저보고 다 치우래요

어떡하니~ 치우기 싫으면

그만둬야지

내 자식 같으면 한 대 쥐어박았겠다

자슥아~ 진작에 부모 말 잘 듣고

공부 열심히 했으면 여기에 있겠냐

보다 나은데 취업했지

막내의 울음소리

막내를 찾다가 숨을 거둔 늙고 병든 여자
조금 뒤 도착한 아들이 구슬프게 울었다
가슴이 너무 아픈 그녀의 혼백은
울음소리를 따라 발걸음을 옮겼다
병든 육신이지만 몸을 일으켜 아이의 울음을
그치게 하고 싶었다
사랑하는 아이가 저리 애처롭게 우는데
나는 다시 살아나고 싶어요
아이의 울음을 그치게 하고 싶어요
움직이지 않는 육신을 내려다보며
그녀의 혼백은 간절히 빌고 빌었다

막내들이여 그만 울어요
그대 어머니 저승길 못 가고
돌아보고 또 돌아본다네요

제2부

조동이들

수다스런 여자들 입이 죄다 모였다
어느 날은 먼 곳에 사는 여자들 입도 몇 보태진다
호프집 얌전한 남자가 바람이 났대
쓰레기 무단 투기하던 할매한테 최 반장이
머리카락 쥐어 뜯겼대
도현 엄마가 이혼 소송을 냈다네
김 부장네 딸이 자살 시도를 했대
쉬쉬쉬 하는 대목을 더 신나게 떠드는 여자들
소리에 어두운 내 두 귀가 쫑긋거린다
팔랑팔랑 그쪽으로 날아간다
몸뚱이 때는 건성으로 밀면서

장화 신은 여자들

새벽 5시면 출근하는 종합병원 급식소 여자들은
장화를 신는다.
커다란 강철 솥이 쿵쾅대고, 노란 카레 물이 용
암처럼 끓어
순식간에 설거지 그릇이 산더미처럼 쌓이는 곳,
그곳에
집에서 살림만 살던 여자 한 명이 입소했다.
설거지 쪽에서 하루를 견딘 여자는
화장실에 앞치마와 장화를 벗어놓고 사라졌다.
장화를 신는 무서운 곳에서 일을 못하겠다 했
단다.

25년을 장화 신고 일한 큰언니가 식판을 닦아 던
지면서 하는 한마디
"씨발년, 그라모 집구석에서 가랑이나 벌리고 누
웠지. 머하러 와서 염장을 지르고 가노"
숫돌에 벼르던 칼날을 손가락에 대어보는 둘째

언니,

　　광기 두른 칼이 얌전히 칼집 소독기로 들어간다.

　　이내 코를 고는 칼날이 쉭쉭 숨소리를 내뿜는다.

　　노름꾼 주정뱅이 남편과 살면서 자식 여섯 키운 여자

　　퍼들퍼들 살아 있는 엄마 욕이 듣고 싶다.

　　오전 10시, 전쟁하러 가자는 큰언니 호령에

　　잠시 눕힌 땀벌창 몸 일으켜세워

　　터벅터벅 몰려가는 장화 신은 여자들

정남 아지매

도둑질도 몇 번 했었지
자식 셋 혼자 키우면서
굶기지 않으려면 못 할 일이 무어야
처진 브라자 젖통 출렁출렁 흔들며
오늘도 목욕탕 휘젓는 정남 아지매
여탕에 불나면 어떻게 피신하나
수건으로 얼굴만 가리고 뛰면 되지
탕 속의 더운 물 찬물 콸콸콸 웃는다
어깻죽지 무거워 죽을 것 같다 하면서도
허리 굽고 다리 휜 노인분 들어오면
그 몸으로 어찌 목욕탕까지 왔소 하며
모든 힘을 팔에 다 모았는지
등줄기를 시원하게 밀어주는 정남 아지매

망한 언니들

철망 꽂고 비닐만 씌우면
딸기가 열리는 줄 알았어요
비닐하우스 망한 언니
물 틀어놓고 돈 받기만 하면
손님 오는 줄 알았어요
목욕탕 망한 언니
새 옷 걸고 기다리기만 하면
옷이 팔리는 줄 알았어요
옷가게 망한 언니
예쁜 그릇에 안주만 담으면
큰돈 벌줄 알았어요
실비집 망한 언니
잠 안 자고 문 열어놓으면
저절로 될 줄 알았어요
24시 망한 언니

닫아걸지 마세요

창틀을 닦는다

구석구석 켜켜이 낀 때

먼지가 눌어붙어 때가 되었다

물휴지로 닦고 마른 수건으로 문질러도

좀체 깨끗해지지 않는다

겨우내 꼭꼭 닫아 두었던 창문이다

사람의 마음속도 저리 오래 닫아걸면

닦아내기 힘들겠다

빨간 눈

퇴근길에 만난 옆집 새댁이
내 눈이 빨갛다고 한다
토요일이라 외식하러 간다며
톡톡 튀는 웃음
온 골목에 흘리고 간다
낮이 유난히 긴 여름 하루
주말이 더 바쁜 식당 종업원
하루 종일 쏟아낸 비지땀
홍옥의 얼굴을 낳았구나
빨간 눈동자를 키웠구나
맑은 하늘 바라보면
빨간 눈이 파래지려나
고개 들어 바라본 하늘
온종일 허공에 떠 있느라
힘들었다고 한다.
내 눈보다 더 빨간 하늘
온몸이 다 벌게진 구름

밥 묵고 하자

새벽 5시 출근길에 본 한 장면
불빛도 피곤한 야시장 먹자 골목길
해쓱한 얼굴의 처녀애
골목길 뒷문 향해 소리친다
큰오빠 다 했어?
밥 묵고 하자
얼룩 진 비닐앞치마 두른 사내
그래 밥 묵고 하자 한다

이 세상에서 가장 고달프고
정다운 말 하나

밥 묵고 하자

둘순 언니

예쁜 꽃이 지천이야
혼자 보기 아깝다
산에 함께 왔으면 좋을 텐데
부재중 전화 2통과 함께
꽃 사진 몇 장을 올려놓은
둘순 언니의 메시지

언제쯤 일에서 벗어나
가고 싶은 산을
마음대로 갈 수 있을까?

굉음 속 일하다 잠시 들여다본 전화기
예쁘게 핀 꽃보다 그녀가 더 보고 싶었다

오후 3시의 풍경

남강을 둘러싸고 있는 자전거 도로
보조구를 붙들고 힘겹게 걸음을 떼는 386세대의
남자는
몇 년째 토막 난 국민교육헌장을 읊조리고 다닌다
순명한 햇살이 그의 등을 밀어준다
가족 몇은 기구에 올라 체조를 하고
또 몇은 강변도로를 달리고 있다
산수유 노란 그늘 아래의 노인들
몇은 낡은 화투판에 둘러 싸여 있고
지팡이 평상에 의지한 몇은
멍한 표정으로 남강을 주시하고 있다
노란 손을 빵빵 흔드는 어린이집 차 한 대가
서너 살 된 여자 애를 떨어뜨린다
할머니 손에 잡혀 횡단보도를 폴짝폴짝 뛰는 아이
등에 맨 학원 가방이 무거워 보이는 아이
우아하게 강 위를 떠다니는 물오리
인간 눈에 아름다워 보이는 물오리 낚시 법은

허기를 채우기 위한 힘겨운 자맥질

오후 근무자가 와야 퇴근을 하는 여자

그 길을 지나야만 집에 가 닿는 여자

가슴이 텅 빈 듯한 여자는 그 무언가를 찾아

천천히 눈과 귀를 굴리면서

오늘도 어김없이 천수교를 건너간다

배드민턴

밤늦은 시각 대폿집을 파장한 아줌마 셋

시든 배추 같은 몸을 일으켜 배드민턴을 친다

노동에 찌든 몸은 운동으로 풀어야 하지

몸으로 먹고 사는 사람들은 체력을 길러야 혀

다부진 몸매의 전주 댁이 내리 꽂히는 콕을 쳐 올린다

물살로 출렁거리는 밀양 댁은

한 번 쳐 올릴 때마다 방귀의 힘을 빌린다

가장 높이 떴을 때 몸을 낮추는 셔틀 콕

엉덩이부터 내려야 날개를 다치지 않는다는 진리를

일찍부터 깨달은 영은 엄마는

베트남서 아버지 같은 남자한테 시집 온

바람 한 줄기에도 흔들리는 아직 젊은 돌배기 엄마

힘이 너무 들어가면 어깨 너머로 달아나버리고

팔이 약하면 맥없이 툭 떨어지는 하루하루

술만 들어가면 괴팍함을 부리는 손님처럼

치는 대로 순응하다 어느 순간 까탈을 부리는 셔틀 콕

이 바닥서 돈 벌려면 독해져야 혀

구멍 숭숭 뚫린 몸으로도 잘 받아 쳐내야만

자식 셋 공부 시킬 수 있지

전주 댁 팡, 쳐 낸 셔틀콕이 밤하늘로 날아간다

행패 부리는 단골 주정꾼 내쫓을 속셈으로

깨뜨린 맥주병의 파편 같은 별들 향해

마네킹

뭐 어때

이제껏 철마다 새 옷으로 치장하며 살았는데

굴곡 많은 땅이 더 단단한 법이지

살다보면 바닥에 한 번 처박힐 때도 있는 거야

부도난 옷가게 쇼윈도에

알몸으로 나뒹구는 마네킹들

동정하며 지나가는 사람들 눈빛을

무덤덤한 얼굴로 받아내고 있다

운동화, 그녀

오래 전
길에서 본 간질 환자
땅바닥에 발랑 드러누워
두 손 두 발 하늘 향해 뻗고
벌벌 떨다가
입가에 내뿜던 게거품
꼭 그때만큼의 거품이
솔 쥔 손가락 사이로 뽀글대며 피어오른다

태어난 순간부터
두 구멍에 담고 나온 무거운 업
평생을 인상 한 번 쓰지 않고
묵묵히 살아왔구나
처음엔 빛나는 새 몸이었는데
이제는 너덜너덜, 해진
색까지 바랜 몸이 되었구나
너의 의견은 언제나 묵살되고

어디든 이끄는 대로 끌려 다녀야만 했지
치열한 몸싸움엔 때로 비상용 무기가 되고
온몸에 쌓인 스트레스를
코에 상처까지 입어가며 풀어주었고
절망하여 강변에 하염없이 앉아 있으면
동화 속 빨간 구두가 되어
가족이 있는 집으로 이끌곤 했지

으스스 떨고 앉은 빛바랜 운동화
뽀송뽀송한 햇살이 아지랑이 몸짓으로
수다 떠는 곳, 살며시 옮겨다 놓습니다

니가 동동주 맛을 알아

말간 물이 나올 때까지 헹군 찹쌀로 고두밥을 짓는 이모님 오랫동안 누룩을 주무른다.

누룩은 음지에서 한 많은 일생을 지낸 미망인 달래듯 정성 들여 다루어야 한다.

고두밥과 누룩을 천지가 개벽 이전에 한 몸이 었듯 조심스레 합궁시켜야 한다.

옹기 방에 들어간 누룩과 고두밥이 열애하는 소리를 은밀히 엿듣는다.

태초에 하느님이 정하신 일주일은 넘겨야 비로소 감칠맛 나는 동동주가 완성된다.

동동주 잘 삭은 냄새에 코끝이 불끈 선다.

불혹에 홀로 된 이모님이 애인 삼아 평생 껴안고 온 맛이다.

비상구

밤안개가 아파트 계단까지 스며있다.
야근의 피로가 누적된 다리로
한 층 계단을 오를 때마다
지친 눈 깨워 주는 사람
환한 세상 향해 비상을 꿈꾸며 달리지만
한 번도 그 문을 벗어나지 못한 사람
유심히 나를 내려다본다.

노름꾼 아버지 횡포에 시달리던 어머니
충혈된 눈동자로 바라본 세상의 불빛이 저랬을까?
마음은 늘 비상등 속 저 사람처럼
계단을 향해 달리고 있었을지도 모른다.
자식들 가파른 계단 내딛는 걸음 지켰을
어머니 부릅뜬 눈, 저 비상구 불빛
두터운 어둠 물리치고 있다.

이제 집 밖이 무섭다는 칠순의 어머니

침침한 눈으로 남은 세상 더듬어간다.

내 밤 눈 어두운 계단 길 밝혀 주는 비상등

귀가 시간이 늦을수록 비상구 불빛 더욱 환하다

논개의 마지막 편지

어머니

엊그제부터 내린 조선 백성의 눈물 같은 비가 그쳤습니다.

무섭게 불어난 강물이 이따금 휘몰이를 만들며 흘러갑니다.

바람 한 점 불 때마다 나뭇잎에 맺힌 울음 끝 여음 같은 빗방울들이 남강으로 후드득 뛰어내리고 있습니다.

덕천 강을 거쳐 흘러 온 이 물속엔 어머니의 살비늘이 섞여 있겠죠.

고향집 앞산에 내려앉던 우수 깊은 구름

울타리 밖 앞 다투어 피던 봉숭아 붉은 속살

혓바닥이 검도록 따먹던 뒤꼍 뽕나무의 달콤한 오디

모두가 그대로인지요.

어머니

들려오는 소식이라곤 왜구의 승승장구뿐입니다

약한 백성의 목숨은 초개가 되는 낭군 없는 무너진 세상에서

숨 쉬고 웃고 떠들며 또 하루해를 넘겼습니다.

먹장 가슴보다 더 깊고 어두운 남강에 빠진 달이

더없이 비장해 보이는 오늘 밤,

가녀린 달빛에 반사된 쌍가락지를 정성 들여 닦으며

왜장이 진주성에 당도하길 기다립니다

장월루*의 요염한 기녀 되어 임의 원수를 갚을 것입니다.

혹여, 계략이 들통 나서 죽임을 당하더라도

남강 변을 떠도는 고혼은 되지 않을 것입니다.

기필코, 힘 있는 원혼 되어 쏜살같이 삼면 조선 바다로 달려가

풍랑으로 화해 왜구의 배를 엎어버릴 것입니다.

어머니

아무것도 보이지 않아 차라리 더 편안했던 밤이

6월, 핏빛 머금은 남강이 키운 잠자리의 웅성거

림에 달아납니다.

저 무수한 잠자리의 날갯짓으로, 매서운 눈빛으로

조선 조정, 조선 백성이 한 기운으로 왜구에 맞

섰다면 오늘 같은 사태는 벌어지지 않았을 겁니다.

미래는 보이지 않고 과거만 나타나는 불면

밝은 달을 보며 시적 화답을 해줄 낭군 없는 밤은

더는 오지 않을 것입니다.

손가락에서 하늘 허공을 향해 비상하는

쌍가락지의 빛이 참 아름다운 아침입니다.

* 장월루 : 촉석루의 옛 이름.

담배

1

천둥 번개가 극성스러운 날, 어머니가 담배를 피
우고 있습니다. 그렁그렁 고인 눈물 감추려고 두
눈을 깜박이며 담배를 뻐끔뻐끔 피우고 있습니다.
구멍 뚫린 가슴에 습기 듬뿍 스민 장마철, 아버지
가 둘째오빠의 시신을 지게에 지고 나간 날부터 어
머니는 담배를 배우셨다고 합니다. 막바지에 이른
죽이 빠글빠글 끓는 듯한 애달픈 가슴도 담배 한
모금에 차분히 가라앉곤 했다네요. 우등생이었다
는 둘째오빠는 담배 연기가 되어 어머니 가슴속을
들락거리며 수십 년 함께 살아가고 있습니다.

2

아버지 무덤가에서 어머니가 담배에 불을 붙입

니다. 당신이 한 모금 빤 후 상석 위에 올려놓습니다. 아버지 묻히신 지 두 철이 지났는데도 떼는 입지 않고 잡풀만 무성하게 돋아납니다. 장맛비에 물씬 자란 쑥대며 엉겅퀴는 어머니 억센 손에 머리채 휘어 잡혀도 좀체 뽑히지 않습니다. 이승과 저승길을 끊듯 어머니는 매정스럽게 풀들을 뽑고 뜯고 합니다. 잡풀 한 움큼 뽑을 때마다 어머니 악문 입술이 들썩입니다. 고수레 음식을 탐내는 까마귀 울음소리가 참 청승맞게 들려옵니다. 어머니가 다시 담배를 한 대 꺼내 뭅니다. 무덤 머리맡에 핀 쑥부쟁이 위로 담배 연기가 날아갑니다. 조금 전 어머니가 끊어내지 못한 쑥부쟁이는 아버지가 좋아하던 야생화입니다. 이제 아버지도 어머니 가슴속을 들락거리며 살아갈 것 같습니다.

차도 위의 노인

창 밖 감상이나 하면서
잘 그어 놓은 평행도로만 달리는 기차의 기적에
침을 뱉는 노파
늘 한가롭게 노는 하늘 흘겨보며
다시 한 번 가래침을 탁 뱉어낸다
황급히 달려가는 차들을 조롱하는 듯,
어슬렁 걸음으로 차도를 가로지르는 노파
생의 한복판을 넘을 때 얻은 상처일까?
한쪽 눈이 볼 수 있는 시야만으로 길을 간다
갈고리달 같은 노파 그림자 뒤로
그녀만큼 늙은 파지 실린 수레가
실핏줄 불거진 여윈 팔에 끌려가고
몸뻬에 납작 달라붙는 바람
더딘 걸음 더욱 더디게 한다
과속하는 죽음이 가소롭다는 괴괴한 걸음이다
언제든 종지부를 찍겠다는 완고한 걸음이다
슬금슬금 노파의 눈치를 보던 차들

경적을 울려대다 뒷걸음질 쳐서 옆길로 빠져나
간다.

노점

멀어졌다 가까워졌다

몇 시간째 동네를 도는 목쉰 소리

속이 벌겋게 탄 하늘 등에 지고

동네 약국 귀퉁이에 전을 펼친 옷 가게

'폭탄세일' 문구 머리에 두른 꽃미남 마네킹

멋쩍은 미소에 잠바 하나 걸치고 있다

행인이 뜸할 때는 가끔씩 지나는 바람

텅 빈 소매 툭툭 쳐주기도 한다

봄꽃 잇따라 핀 지 여러 날,

겨울 잠바 벗지 못한 남편 모습 떠올라

노점 앞에 앉아본다

이름 있던 회사의 부도 제품이란

측은한 상술일 뿐인가

정확한 치수 없는 매끄럽지 않은 촉감의 옷들

들었던 잠바 내려놓는 손길 붙드는

휑한 눈의 노점 주인

저녁은 먹었을까?

쭈그리고 앉아 잠바를 고른다

어떤 색이 좋을까

밝은 색을 입히면 그의 길이 환해 질라나

베이지 잠바 품에 안고 일어서니

사흘 전 개업한 치킨 집 입간판

불이 마악 켜지고 있다.

돈가스 만들기

살다 보면, 겉모습을 포장해야 할 때가 있어

양념이 되지 않은 날고기는

먹성 좋은 사람도 꺼리기 마련이지

퍼석한 살코기도 잘 다독이기만 하면

숙련된 기계공의 손길처럼 부드러워져

소금, 마늘, 후춧가루는

승진을 노리고 상납하는 뇌물처럼

적당히 넣어 주는 게

누린내를 은밀히 감추는 방법이야

배알이 뒤틀려도 상사 비위 맞춰놔야

앞날이 편안하듯이

가장 바깥쪽엔 빵가루를 공손히 입히는 게

맛깔스럽게 보이는 비법이지

제일 신중을 기해야 할 건 튀김기름 온도야

너무 높이면 속이 익기도 전에 타버리고

너무 낮추면 축 처져

초라한 몰골만 남게 되지

최상의 돈가스를 만들려면

끓는 기름의 변화를 유심히 살피다가

적당한 온도가 감지되면

퇴출당할 위기의 동료를 위해

퐁당 뛰어들 줄도 알아야 해

성에

눈 오시는 밤
꽃만 바라보고 살아 온 물이
유리창을 붙들고
자분자분
제 마음을 털어놓았는데……

지겨운 풍경

사방이 화물차로 둘러싸인 사계절식당에는
낡은 덤프트럭 경적 같은 목청을 가진 단골이 많다
술에 취하면 두 다리를 잃은 아들에게 전화를 거는 박씨
주먹계의 무용담을 들먹이며 식탁을 내리치는 왕씨
터미널 다방 이양의 궁둥이를 슬쩍 슬쩍 건드리는 김씨
'에그 지겨운 세상'을 입에 달고 사는 완사 댁은
개수대 빡빡 문지르며 주정하는 단골들 흘끔거린다
무적無敵 바퀴 허기로 부풀리며 전국을 돌고도
번번이 흙먼지만 싣고 온 차량들
역마살 한탄하며 또다시 순번을 기다린다
그 기다림에 지친 몇몇 기사의 아내는 집을 나갔고
때깔 좋고 용량 넓은 신도시로 떠난 기사도 여럿 있다
XX운송 간판 줄지어 걸려있는 화물터미널 대기실엔
목청만 화투패처럼 캉캉 튀는 초췌한 얼굴의 기사들
패가 좋은 날은 더러 대박을 꿈꾸기도 한다
공치는 날은 덤프트럭 무게 같은 얼굴로

사천 원짜리 한 끼 밥도 버거워 라면을 찾는 사람들
손톱눈에 찍힌 상처 같은 박 씨의 아픔을 닮은 오후가
꾸역꾸역 목젖을 움직이는 창문 너머로
쉰이 넘어도 집 한 채 지니지 못한
텅, 텅, 빈 바람만 죽자고 들어온다
빈 그릇 수거해 가는 완사 댁 등허리 들추는 시퍼런 바람
또 누가 빈 차로 왔나 보다
집채만 한 경적이 지루한 오후를 덮친다

훔쳐보기

부엌 베란다에서 설거지할 때마다 훔쳐보는
올해 스무 살 된 우리 아파트
팬티만 입고 저녁 내내 컴퓨터를 두드리는 저이는
우리 아들 또래의 중고생 같다
뒷베란다로 나와 혼자 앓는 고민을
담뱃불로 날리는 저 남자는
가끔 어깨를 두드려 주고 싶을 때가 있다
알몸인 듯한 실루엣의 저 사람은 누구일까?
302호엔 헬스클럽 남자가 산다던데
그는 탄탄한 근육질로 여자를 힘 있게 안는 사
내일까?
저 6호 라인의 여자는 남편이 금융업계 간부라
던데
낮엔 뭐하고 이 시간에 빨래를 널지
팔자 편한 년! 또 온종일 고스톱만 친 게야
새벽시장을 불 본 소처럼 뛴다는 108호 여자는
오늘도 주정뱅이 남편을 때그장치며 싸웠다지

동네 간섭 다 하고 다니는 욕쟁이 성호 할매 방은
초저녁잠이 깊어서 불 꺼진 지 오래다
우측 끝 라인 맨 위층에 산다는 이혼남은
늘씬한 암캐만 보면 눈빛이 달라진다고 하던데
저 집은 이제 막 불을 끄는구나
컴컴한 저 안에서 벌어지는 광경이 더 궁금하다
저녁이면 공짜로 보는 아파트 대형 스크린
훔쳐보는 재미가 쏠쏠하다

화냥년

아이와 어린이 프로를 보았다. 주인공 아이가 도둑으로 몰렸다.

주변 사람들이 모두 손가락질하는데도 아이는 훔치지 않았다는 변명을 하지 않았다.

나중에 진범이 잡히고 나서 왜 진실을 말하지 않았느냐 물으니,

자기는 마음으로 이미 그 물건을 훔쳤기 때문이라고 말했다. 마음으로 훔치다!

마음으로 이미 지은 죄가 얼마나 많은가? 나는 지금도 마음으로 멋진 남자를 훔친다.

많은 남자들이 나를 거쳐 갔다. 여자를 거칠게 껴안고 키스하던 영화 속 주인공 남자,

극기 운동 때 미끄러지는 내 팔을 와락 잡아 주던 선생님, 비서실 미스 정을 쫓아다니던 사장 아들, 전율이 느껴지는 시를 쓰던 남자, 심지어 돈 잘 벌고 유행가 멋들어지게 부르던 친구의 남편까지…….

이 모든 남자들의 연인이 되어 모텔까지 드나든
나는 혹시, 전생에 화냥년?

명의

건강 검진 가서 받은 청력 검사

소리 나는 쪽 손을 올리라 하는데

어느 쪽도 잘 들리지 않는다

전문의 찾아서 정밀검사를 받아보란다

환풍기 굉음 아래서 20년 일한 대가

귀가 먹었나 봐요

시끄러운 곳에선 누가 내 흉을 봐도

알아듣기 힘들어요 이비인후과 의사께 하소연하니

"내 목소리 잘 들리나요?" 한다

"네 잘 들려요" 하니까 잘 들으시네 한다

좋은 말에 귀 기울이고 악한 말은 버리란다

한마디도 듣지 못하는 사람도 많은데

그 정도 귀가 들리면 행복한 거라고

상대방의 말에 귀 기울이며

유익한 말은 잘 들으려고 노력하란다

보청기나 약은 처방하지 않는다

명의가 틀림없다

제3부

망할 년들

여동생과 요양원에 갔다 치매 어머니 모시고 나
가 횟집에서 저녁을 먹었다

식사 후 휠체어에 태워 모셔다 드리고 엘리베이
터를 기다리고 있었다

엘리베이터 바로 옆이 어머니 병실인지라

같은 방 동무 할머니와 어머니가 나누는 얘기가
우리 귀에 들려왔다

"맛난 거 먹고 왔소?

그래 딸들이 용돈은 한 닢 줍디까?"

"망할 년들이 아무도 돈 한 닢 안 주데요"

청동상

침대 머리맡 신랑 신부 청동상
항시 행복한 눈빛으로 미소 짓고 있다
너희는 아직도 사이가 좋은 모양이구나
언제나 일그러진 표정의 남편
나의 무엇이 저 사람을 병들게 했을까?
신부여, 웨딩드레스 입고 환하게
설레던 신부여,

너 지금 어디에 살고 있니?

에구구

왼쪽 팔꿈치가 계속 아프다
인대 강화 주사를 처방받았다
팔을 많이 써서 인대가 약해졌단다

남편이 무릎에 파스를 붙인다
연골이 닳아서 병원 들락거린 지 몇 년째다

에구구

서고 앉을 때
남편과 내가 동시에 내뱉는 말이다

아들

입술이 짓물러 터졌다
직장에 일이 많아 일주일째 쉬지 못했다
머리가 깨어질 듯 아프고
팔다리가 욱신거린다
오늘은 모처럼 휴일
세상만사 귀찮아서 누웠다
영원히 잠만 자고 싶은데
문자가 온다
"엄마 책하고 신발값, 반찬도 보내줘"
그래 짜슥아~ 일어나마
살아야지

서울

서울 가서 살 거라 했다
서울에 있는 대학교에 갈 거라 했다
서울 남자와 결혼할 거라 했다

무엇이 저 아이를 서울병이 들게 했나?

결국 서울로 가버린 딸
키우면서 해준 게 없다는 죄책감에
서울 간다는 딸을 말리지 못했다

가끔씩 딸이 보고 싶고 짠한 마음 들면
멀리 서울 쪽 하늘 바라본다

돈 돈 돈

옷 사가지고 가면

돈으로 주지 하고

신발 사준다 해도

돈으로 달라 하네.

핸드백 사주면

돈 아깝게 샀냐고 삐죽거린다

돈 돈 돈

돈 좋아하는 우리 어머니

돈이 어머니의 힘이고

살아가는 낙인 건 아는데요

우리네 살기도 빠듯하다오

항상 돈은 모자라요

새끼들도 돈 달라 하고

엄마도 돈 줘야 되고

큰동서도 돈 주면 보드랍고

넣어두면 두 배가 된다는

단지가 생겼으면 좋겠어요

전설 속 샘물

시간이 갈수록 흐려지는 명화의 채색처럼
정신도 형상도 허물어지신 어머니
꼽추처럼 불거진 등에서 흘러내린 땟물
앙상하게 마른 육체 에워싼다.
몇 번을 밀어도 끝없이 나오는
곪은 상처 위에 앉은 딱지 같은 때
뼈만 남은 형상마저
김 서린 거울이 자꾸 삼킨다.
찬물을 뿌려댄다.
속살 빠진 홍시 같은 젖가슴
너댓 살 아이만큼 작아진 등
어머니 허리가 휘어지도록
이 등에 업혀 칭얼대던 시절이 있었다
가녀린 몸 땟국에서 피어오른
상흔 같은 냄새
눈물샘 자극한다.
마시면 젊어졌다는 전설 속 샘물에
어머니를 헹구고 싶어라

반지

"행복요양원인데요 할머니가 반지를 찾아요
자꾸 누가 훔쳐갔대요"
"할머니 바꿔주세요 엄마 반지 막내가 가지고
있어요"
다시 잠잠해진 어머니
밥 잘 잡숫고 기저귀에 똥오줌 잘 싸신단다
부업으로 밤 깎고 생활비 아껴 장만한
어머니의 금반지
남편 자식 다 떠난 후 어머니와 살 부비고 살은
반지
그 반지 보관한다 핑계 대고 뺏어가서
한 달에 한 번 얼굴 내밀고 가는
천하의 호로자식들이여

너 이 세상에 어떻게 왔니?

골다공증 어머니

구멍 숭숭 뚫린 뼈에
자글자글 주름진 거죽만 남았네요.
어지럼증과 관절염을 단짝처럼 끼고 다니네요.
몇 발자국 옮기다가 주저앉는 어머니
이제는 쉬엄쉬엄 가라고
무릎이 자꾸만 주저앉혀 준대요.
우리고 우리고 또 우려내어서
퍼석한 뼈가 되었다네요.
신장이나 골수처럼
뼈도 나누어 줄 수 있으면 좋겠어요.
내 건강한 뼈를 조각조각 떼어내어
그녀에게 접붙이고 싶은 날이에요.

수행승

친정집 안방 문갑 위
부처님처럼 가부좌로 앉아
어머니의 지극한 보호를 받는
수행승 두 분
밤낮으로 매만지고 닦아드린다
호박죽 애호가인
큰아들 귀향 손꼽는 마음 안다는 듯
노모를 내려다보며
자글자글 주름진 미소 머금고
속을 가볍게 비워가며
소신공양할 날 기다리는
수행승 두 분

전화

삼십 년 전 어머니가 받은 전화
"아지매 딸 있소?"
"우리 딸은 와 찾는데"
"씹 한 번 할라고"
"이 좆 끝댕이가 문드러져서 뒈질 놈아
네 에미년 앞에 가서 그런 소리 해라"
그날 어머니 차마 글로는 옮기지 못할 육두문자
모두 동원해 성범죄자 욕을 해댔다 했지
전화 끊고도 심장이 벌룽거려 몇 달간 여동생 뒤를
졸졸 따라다녔다 했지

간 밤 꿈에 보인 어머니
펄떡펄떡 날뛰던 오십 대의 어머니
욕 잘하던 젊은 어머니가
무지 보고 싶은 아침

주책

애틋한 사랑이 주제인
월화드라마를 보는데
남자 주인공의 사내다운 매력이
텔레비전 밖으로 튀어나왔다
언뜻 일어서는 연애 시절의 환상
인어처럼 바다 속을 헤엄치는 여주인공
콩당콩당 불혹의 가슴을 헤집는다
바닷가 모랫벌 스무 살 여주인공 되어
남자 주인공과 뜀박질하는 불혹의 주책
같이 보던 딸애가 눈치챌까
악녀 역 하는 애매한 배우
씹어대는 능청스런 아줌마

관광버스 춤

쿵짝쿵짝 딴따라 딴따
귀청이 찢어지는 소리
경기를 일으킨 관광버스 안
미치도록 전신을 흔드는 대한민국 언니들
디스코 뽕짝 트로트 음악에 맞춰
쉴 새 없이 몸을 흔들어댄다
미래는 휘황찬란한 불빛 같으면 좋겠어
집안일 새끼들 일일랑 내일 해결하면 되지
지금 이 순간은 오로지 춤만 추리라
오늘만큼은 저 현란한 무대의 주인공
여기서 내숭은 꼴불견 덩어리
신나게 신나게 흔들어보자
젖살 뱃살 엉덩이살 오늘 몽땅 빼고 만다
노래방 가요방 보다 더 발광하는 관광버스 안

구부정한 허리로 엉거주춤 추는 이모님
힘들지도 않나 제발 그만 좀 앉으세요

서방보다 좋은 것

다리 쪽으로 시작된 건선

한약을 먹고 침을 맞고 양약을 먹고

연고를 발라도 차도가 없다

가렵고 건조해서 미칠 지경인데

누가 마사지를 받아 보라 한다

종아리와 발이 마사지되는

발마사지기를 샀다

두드리고 주무르고 게다가

따끈따끈한 열기까지

어메! 서방보다 훨씬 낫네

사랑 표현

안아주고 업어주고 얼러주고
한 것이 내 세대가 표현한
아기에 대한 사랑의 전부

입술 하트 손가락 하트
팔 그림 하트 온몸 하트
어린이집 가는 아이에게
총알 하트까지 쏘아 대는
새댁 부부

부러워라
손녀 생기면 나도 저리 해볼까

애교 좀 떨어 봐

반려견 2마리

남편이 돌아오면

뱅글뱅글 돌면서 꼬리 친다

앞발을 들고 혓바닥은 핵핵

얼굴과 목덜미를 핥는다

흐뭇한 미소를 짓는 남자

내 앞에서는 웃음기 없는 그가

개들한테는 자상하다

밥 주고 똥 치우고 간식 주고

목욕시키고 운동시키고

지극 정성이다

개새끼가 그리 좋나? 나한테 좀 그래 봐라 하니까

니가 개새끼들 반만큼이라도

애교를 떨어봐라 한다

할 말이 없다

오! 나의 하느님

먹기 위해 삽니다

내 손아귀의 먹을 것에 열광하는 우리 집 애견

두 마리

저들의 성의와 공경이 눈물겹다

줄까 말까

나는 항상 선택권을 쥔 저들의 하느님

나를 최고로 믿어주는 고마움

똥오줌 아무 때나 흘리는 너희 죄를 사하고

일용할 양식과 간식을 아낌없이 내려주노라

오! 나의 하느님

사는 게 힘에 부칩니다

간절히 기도하오니

저의 일용할 양식과 안주할 집도

수고 없이 편안하게 받을 수 있는

은총을 내려주소서

부부싸움

아이의 비행이 모두 내 탓이라 한다

그럼, 당신 혼자 잘 키워봐라

팽 도는 눈물 훔치며 질주한다

도로 방어책 넘어 캄캄한 저 밑에

내가 뛰어들고 싶은 강이 있다

깊디깊어 모든 것을 숨길 수 있는 강

숨만 깜박깜박 쉬면서 내 눈치를 살피는

강 건너 어린 불빛들

고인 눈물 속으로

별이 들어온다

참아야지

팔랑, 날아가 버리고 싶지만

빛을 내어 천지사방 밝히며

제자리 지키는 저 외등처럼

족저근막염*

첫 발을 내딛는다

발꿈치의 극심한 통증

온몸이 미안해한다

어쩌겠니

네가 첫 발을 내디뎌 줘야

우리가 먹고살 수 있는 것을

* 족저근막염 : 발바닥에 염증이 생긴 질환으로 자고
일어나 첫 발을 뗄 때 가장 심하게 아픔.

목소리

어느 날 남편이 말했다
자기를 대하는 목소리와 아들과 얘기하는
내 목소리 톤이 다르다고
자기를 대하는 소리에는 앙살이 들어있고
아들과 얘기하는 소리에는 부드러움이 묻어있
다고
맞는 말이다
남편만 쳐다보면 마음고생 몸고생 시킨 것만 떠
오르고
아들은 우등생인데다 이쁜 짓만 골라하니까

그러니까 평소에 좀 잘하지 인간아

부부관계

안방에다 쇠로 된 원앙을 사다 놓으면
부부관계가 좋아질 거라는 스님의 말을 믿고
원앙을 사러 다녔다 시내를 다 뒤졌지만
쇠로 된 원앙이 없어 신랑신부 청동상을 대신
사다 놓았다
행복한 표정으로 나란히 서 있는 청동상이다
어느 날 나란히 세워 두었던 청동상 신부를 신
랑이 밟고 있는 게 아닌가?
이상하다 건드려서 넘어졌나?
다시 세워 두었더니 뒷날 다시 신부를 밟고 있
는 게 아닌가?
기가 막혀 신랑 청동상을 눕혀놓고 신부 청동상
으로 지근지근 밟아주고는 신부가 신랑을 밟고 있
게 세워두었다

스님요 부부관계가 좋아진다고요
뭔 개뿔 같은 소리~~

이부자리 밑에서

저 이기적인 남자와 기어코 갈라서리라

마지막이라 생각하고 이부자리에 눕는다

새벽녘 남자가 돌아누우며 신음한다

고질병처럼 굳어진 어깨 통증

연골이 닳아 물이 찬 무릎

여자도 돌아누우며 끙끙거린다

불면을 부추기는 허리 디스크

족저근막염에 시달리는 발

골병만 남은 두 몸뚱이

미움과 애틋함의 촉이 선다

참말이지, 문디 인간

더럽게 불쌍하네

이혼은 또 물 건너갔네

그리운 눈

옆집 새댁 아기 눈을 들여다본다
눈과 눈이 부딪치자 젖이 핑 도는 느낌
탁한 내 속을 정화시켜 주는 저 눈
오래 전 오직 나만 바라보고 나만 찾던 눈
현기증이 돌 정도로 젖을 쭉쭉 빨던 눈
젖을 먹다 배시시 웃으며 눈 맞추던 눈
새근새근 잠든 눈이 더 예뻤던 눈
내가 숨 쉬고 사는 이유의 전부였던 눈

구멍속의 남자

한동안 문을 나가지 못한 남자
오늘은 문을 열고 나간다
비좁은 구멍속에 갇혔던 남자는
작업복 가다듬고 구멍을 벗어나
쏜살같이 계단을 내려 간다

시야에서 사라진 남자
구멍 속을 벗어난 듯하지만
여전히 내 구멍속을 맴도는 남자
고층건물 노가다 판 불볕 향해 뛰는 남자
곧 온몸을 쥐어 짠 짭짤한 액체가
고소공포증 심한 남자의 목을 옥죄며
쉴새 없이 흘러 내리리

선풍기 앞에도 더운 바람이 부는 날
부실공사 무너진 건물이 뉴스에 뜨면
꽉 막힌 구멍속에 감도는 불안한 기운

앞산 가지 많은 나무 한부위로

해거름 정적을 깨고 날아 드는

피로 회복제같은 새 두 마리

두 마리 새의 생기를 말없이 지켜보며

땡볕에 벌겋게 익은 얼굴의 남자가

구멍속으로 걸어 들어 온다

좌절 모드

남편과의 불화에 턱 괴고 웅크려 앉아
고뇌에 빠져 있을 때
아들이 불안하니까 좌절 모드 취하지 마라 한다
컴퓨터 세대가 만든 말
거울을 통해 자세를 취해 보니
내가 봐도 좌절한 모습이다
앞으로는 생각할 때
섹시 모드나 안락 모드를 취해야겠다
내 새끼 불안하지 않게

당신의 신앙

어릴 때 친구 따라 교회 몇 번 갔고
어머니 따라 절에 몇 번 간 게
내 종교생활의 전부다
결혼하고 아이 엄마가 된 뒤부터
생긴 습관 하나
교회 근처 가면 딸의 무사안녕을 빌고
절 앞에 서면 아들의 건강장수를 빌게 된다

대대손손 어머니들의 한결같은 염원은
내 아이들의 영원한 부귀영화
평생을 기도한 어머니들의 모성은
수천 년을 거쳐 와도 변치 않아
내 속에도 그 모성 깃들어
하느님께 부탁하고
부처께도 매달려서
틈틈이 빌미가 생길 때마다
내 아이들의 행복을 기원하는 것이다

■ 해설

이 몸으로 살다가 우리 그 언젠가는

이승하 | 시인 · 중앙대 교수

천지경 시인의 약력을 보고 깜짝 놀랐다. 원로급 시인이 아닌 다음에야 여성이 자신이 태어난 해를 밝히는 경우는 아주 드물다. 그런데 1963년 경남 진주 출생임을 당당히 밝히고 있다. 즉, 지금 내 나이 쉰여섯이라고 말하고 있는 것이다. 이어지는 약력은 2006년 근로자문학제에서 상을 하나 탔다는 것인데, 이 약력은 근로자 신분으로 문학권에 발을 들여놓았다는 말이다. 정식으로 등단한 것은 2009년이었으니 등단 10년 만에 첫 시집을 내게 되었다. 등단도 늦깎이였지만 시집도 이제 비로소 내게 되었으니 매사 꽤 굼뜨게 행동하는 사람일까? 시를 쓸 겨를이 없었던가? 그런 뒤 읽게 된 약력의 끝줄이 '진주 중앙병원 장례식장 근무'다. 시인이 해설자의 머리에 꿀밤을 딱 때린다. 이보슈, 박사님, 아니 교수님, 나 이런 사람이요, 불만 있소? 가방끈 짧아서 그 동안 몸으로 때운 게 내 인생이요. 내 시가 당신 같은 학삐리가 보기에는 좀 거시기하겠지만 좌우당간 내 시는 머리로 쓴 것이 아니라 몸으로 쓴 것이오. 시가 괜찮다고 쓰건 이거 영 아니올시다라고 쓰건 당신이 알아서 하시오. 나는 문학평론가나 교수 나부랭이들 칭찬받으려고 시 쓰지 않았고, 해설 같은 데 신경 쓰면서 마음을 다칠 사람도 아니오. 알아서 하시오. 이런 말이 귀에 쟁쟁 울려온다. 일단 시집 제일 앞머리의 시부터 감상해본다.

새벽부터 제상을 세 번 차리고 허리를 펴니
창밖이 훤하다
발인을 끝낸 장례식장 휴게실
미화부 아줌마들 의자에 앉아 잠시 쉬고 있다

신상품 속옷 광고하는 텔레비전 속
화사한 모델 배경이 온통 봄꽃이다
평소 말 없고 착실한 곱사등이 전씨 아줌마
슬쩍 던지는 한 마디
"늘씬해져서 저 옷 한 번 입어 봤으면!"
　　　　　　　　　　　－「봄」 1, 2연

병원 장례식장이 일터인 시인은 어떤 날에는 새벽부터 제상을 세 번 차리기도 하나 보다. 날이 밝아 조금 쉬게 되었는데 '미화부 아줌마들', 즉 청소하는 아줌마들과 쉬면서 대화를 나누는 장면이 전개된다. "평소 말 없고 착실한 전씨 아줌마"가 하는 말이 재미있다. 하지만 이들이 이렇게 대화를 하고 있을 상황은 오래 가지 않는다.

불길한 앰뷸런스 경적 그치자
또 한 묶음 통곡소리 부려진다
황급히 일어난 미화부 아줌마들
대걸레 끌고 우르르 몰려간다
왁자한 수다 밀고 간다
노란 작업복 등 어깨 주무르던 햇살
사뿟사뿟 따라간다

－「봄」 마지막 연

이런 장면을 눈에 보이듯이 그릴 수 있는 것은 바로 시인 자신의 체험이기 때문이 아닐까. 이 시집의 거의 모든 시가 상상력의 소산이 아니라 체험의 산물이라고 여겨진다. 요즈음 우리 시단에 유행하는 환상성이나 독백체는 찾아보기 어렵다. 물론, 아주 오랫동안 시인들이 전유물로 여겨왔던 상징성과 애매성도 천 시인은 신경 쓰지 않는다. 중요한 것은 현장성 내지는 사실성이다. 즉, 시인은 타고난 리얼리스트다. 병원 급식소에서 일하는 것이 얼마나 힘든지 잘 말해주는 시가 있다.

새벽 5시면 출근하는 종합병원 급식소 여자들은
장화를 신는다.
커다란 강철 솥이 쿵쾅대고, 노란 카레 물이 용암처럼 끓어
순식간에 설거지 그릇이 산더미처럼 쌓이는 곳, 그곳에
집에서 살림만 살던 여자 한 명이 입소했다.
설거지 쪽에서 하루를 견딘 여자는

화장실에 앞치마와 장화를 벗어놓고 사라졌다.
장화를 신는 무서운 곳에서 일을 못하겠다 했단다.
—「장화 신은 여자들」제 1연

그나마 힘이 덜 드는 설거지 쪽인데도 딱 하루 일하고 '살림만 살던 여자'가 사라졌다. 그런데 여기서 25년을 일한 '큰언니'는 살림을 살지 않았는가. 아니다. "노름꾼 주정뱅이 남편과 살면서 자식 여섯 키운 여자"다. 그녀가 내뱉는 말, "씨발년, 그라모 집구석에서 가랑이나 벌리고 누웠지 머하러 와서 염장을 지르고 가노"라는 말이 독자의 폐부를 찌른다. 종합병원 급식소라는 곳이 얼마나 힘겨운 삶의 현장인지 이 욕설이 여실히 증명하고 있는 것이다. 큰언니가 "전쟁하러 가자"고 말하자 "잠시 눕힌 땀벌창 몸 일으켜 세워/ 터벅터벅 몰려가는 장화 신은 여자들"의 모습은 아름다움을 넘어 성스럽기까지 하다. 이렇게 살아나는 '노동자'들의 땀방울을 비노동자인 사람들은 잊으면 안 된다. 그곳은 죽은 자를 맞이하는 곳이기도 하다.

눈 뜨면 귀신 밥 차리고 물리고
예쁜 옷 입고 귀신 집 드나들며
귀신 옆에서 밥도 먹고 커피도 마신다
애틋한 눈길로 침대 위 귀신을 바라본다
고요히 누운 모습에 종종 목이 멘다
—「다정한 귀신」앞부분

화자가 시인과 대체로 동일시되므로 화자라고 지칭하지 않고 시인이라고 쓰겠다. 시인의 일상사가 이렇게 전개된다. 장례식 잘 치르라고 귀신 밥 차리고 장례식 끝나면 밥 물리는 것이 시인의 직업이라 이렇게 쓴 것이다. 병원 장례식장이 일터이니 예쁜 옷 입고 귀신 집 드나들고 귀신 옆에서 밥도 먹고 커피도 마신다. 어떤 날은 애틋한 눈길로 (염하는 방의) 침대 위 시신을 바라보기도 하고, 고요히 누워 있는 모습을 보고 목이 메기도 한다. 시신 목격은 일상다반사이니 무덤덤해졌을 법도 한데 천 시인은 문득문득 애도의 감정에 사로잡히기도 하는 모양이다. 그곳에서 일하면 얼마나 다양하게 죽음에 얽힌 사연들을 접할 것인가. "따돌림 당하다 고층에서 뛰어내린 여고생 귀신/ 홀로 살다 웅크린 채 얼어 죽은 할배 귀신"도 있고 "목 맨 귀신, 약 먹은 귀신, 물 젖은 귀신"도 있다. 요즘 같은 세상에 "아내 따라 저승도 같이 간 남편 귀신"까지 있다. "귀신이 모이는 귀신 집"에서 시인이 살고, "다정한 귀신들"이 그를 먹여 살린다. 세월이 한참 흘러도 잊히지 않는 안타까운 사연도 있다.

또 시체 1구가 들어왔다
시내버스 교통사고란다
눈 맑은 초등생이 따라왔다
그렁그렁 강아지 눈을 하고
얼음땡처럼 굳어버린 아이
동행한 경찰이 남편인 듯한 사내에게 물었다

왜 자기 내릴 곳을 지나 그 먼데서 무단횡단하다
변을 당했을까요?
그 남자 역시 영문을 모르겠다는 듯 고개를 가로저었다
죽은 이의 언니가 말한 것이 타당하다는 결론이 났다
식당 일을 끝낸 늦은 귀갓길
피곤함에 졸다가 자기 내릴 곳을 지나쳐 엉겁결에
다시 건너다 사고를 당한 것 같다고

아이의 글썽글썽한 눈빛
십 년이 지나도 잊히지 않는
　　　　　　　　　－「교통사고 원인은요」 전문

초등학생 아이를 두고 엄마가 교통사고로 죽었다. 식당 일을 마치고 버스를 타고 한밤에 귀가하다가 조는 바람에 내려야 할 곳을 지나쳤다. 엉겁결에 내린 곳에서 황급히 무단횡단을 하다가 죽었으니 사망 원인은 가난이라고 해야 하지 않을까. 졸지에 엄마를 잃어버린 초등학생 아이의 그렁그렁한 눈망울을 잊지 못하는 마음이 바로 시심이리라.

이런 안타까운 죽음도 있지만 근년에는 고독사 관련 언론 보도가 많아졌다. 우리나라가 고령화 사회가 된 이후 가족이 있어도 독거노인이 늘고 있는데 앞으로는 결혼을 하지 않고서 노년이 되는 경우와 결혼을 해도 아이가 없어 (남편이나 아내를 앞세운 뒤에) 독거노인이 되는 경우가 또 얼마나 늘 것인지. 혼자 살다 병이 들어도, 그 병이 깊어가도 돌봐주는 손길이 없으면 혼자 쓸쓸히 임종의 순간을 맞이하는 수밖에 없다.

　부패한 냄새는 어느 곳에나 있기 마련이라
　남자의 주검이 구토를 동반해서야
　무심한 눈들은 수상한 냄새를 직감했다
　주민들 민원이 빗발치자 서장의 닦달은 시작됐다
　동네 안을 숨은 그림 찾듯 뒤진 지 사흘째
　셰퍼드 임 경장의 눈에 가장 먼저 띈 건
　용도를 알 수 없는 여러 개의 약봉지였다
　밀쳐 둔 밥상 위 군내 나는 김치의 최후를
　얇은 천 되어 덮어 준 허연 곰팡이
　남자 머리맡 뚜껑 열린 가스 활명수 병 옆으로
　검은 상복의 개미들이 줄을 잇고 있었다
　열린 방문으로 냉큼 뛰어오른 햇살
　눈살 찌푸린 전화기 들었다 내리자
　빛줄기 따라 영혼처럼 폴폴 날아오르는 먼지
　순간, 임 경장의 얼굴이 훅하고 달아오른 건
　역겨운 냄새 탓만은 아니었다
　구인난 군데군데 붉은 동그라미 그려진 생활정보지들
　죽은 남자의 때 절은 이부자리 옆을 뒹굴고 있다
　재떨이 위 수북한 꽁초들이 하고 싶었던 말은 무엇이었을까
　발에 밟힌 모나미 볼펜 하얀 몸뚱이가
　비틀, 울음을 삼키는지 기괴한 신음을 낸다
　　　　　　　　　　　　　　－「어느 독거 남자의 주검」 1연

이 시에서는 한 남자의 주검이 발견되는 과정과 발견 이후 주거지 현장에 대한 묘사가 아주 핍진하게 전개된다. 현장감이 생생하게 살아 있는 시다. 흡사 초일류 추리소설가가 사건 현장을 꼼꼼하게 묘사하고 있는 듯하다. 이 시의 질감을 높이는 소도구가 한두 개가 아니다. "군내 나는 김치의 최후를/ 얇은 천 되어 덮어준 허연 곰팡이"도 있고 "가스 활명수 병 옆으로" 줄을 이어가는 "검은 상복의 개미들"도 있다. "눈살 찌푸린 전화기"도 그렇지만 "빛줄기 따라 영혼처럼 폴폴 날아오르는 먼지" 같은 표현은 정말 멋지다. 그런데 죽은 사나이의 삶과 꿈을 여실히 보여주는 소도구는 생활정보지다. 그것도 "구인난 군데군데 붉은 동그라미 그려진 생활정보지들"이다. 시인은 이 단락의 마지막을 "발에 밟힌 모나미 볼펜 하얀 몸뚱이가/ 비틀, 울음을 삼키는지 기괴한 신음을 낸다"로 처리한다. 이것이 대미인가? 아니다. 화룡점정은 제 2연이다. "겨울 양식 비축하는 개미들 발걸음 분주하다"가 제 2연의 전문이다. 개미들에게도 사람들에게도 이 남자의 죽음과 주검은 아무 의미가 없다. 개미들은 먹을 것을 발견해 집으로 옮기면 그만이다. 경찰에 의해 이 독거 남자는 곧 '치워질' 것이다. 이런 비정한 곳이 바로 사바세계다.

시인은 종종 불교적인 세계관으로 이 세상을 굽어보려고 한다. "친정어머니 편찮으신 소식이 들려올 때"도, "낡아 해진 남편의 작업복을 널 때"도, "형편없이 떨어진 아이의 성적표를 볼 때"도, "언제나 내 입속에 붙어사는" 것이 '관세음보살'이다. 「엘리베이터 눈」 같은 시를 보니 시인은 진심으로 고인의 극락왕생을 원하고 있고 유가족의 안녕을 기원하고 있다. 이런 유의 시들, 즉 병원 장례식장에서 일하면서 보고 듣고 느낀 것들이 시가 되는 경우, 시인은 애도의 마음을 담아 따뜻한 관찰자의 기록문을 쓴다. 시인은 자기 가족의 죽음 이야기도 한다. 실화라는 생각에 가슴을 쓸어내리지 않을 수 없다.

　　엄마, 할아버지한테서 똥냄새 나요. 모든 기억이 껍질 깎인 생감자처럼 매끈해지신 아버지,
　　감자 살 깊숙이 박힌 아픈 눈 몇 개는 아버지 몸에 욕창으로 남았다.
　　대소변 가리는 것조차 잊어버려 수발한다 진절머리 내는 어머니를 누님이라 부르며
　　먹거리에 집착하던 아버지, 서운했던 과거의 한 토막만 되뇌다

　　　　　　　　　　　　　　　　　－「내장을 바꾸다」 부분

　이렇게 될 것을 어찌 예상했으랴. 본인도 가족도 몰랐던 일이 일어난다. 똥냄새, 욕창, "씻겨도 씻겨도 끊임없이 나던 지린내"까지도 우리들의 마지막 모습일 수 있다. 시인은 어머니의 "화사하게 웃던 생전의 얼굴이/ 거침없이 솟구치는 검은 연기 되어/ 푸른 허공으로 흔적 없이 사라지고 있"(「어머니 안녕히 가세요」)는 경험도 한 바 있다. 가족은, 그렇다, '사별'을 전제로 한 지붕 아래서 밥을 같이 먹고 잠을 같이 자는 존재다. 어머니가 담배를 배운 사연이 나온다.

구멍 뚫린 가슴에 습기 듬뿍 스민 장마철, 아버지가 둘째오빠의 시신을 지게에 지고 나간 날부터 어머니는 담배를 배우셨다고 합니다. 막바지에 이른 죽이 빠글빠글 끓는 듯한 애달픈 가슴도 담배 한 모금에 차분히 가라앉곤 했다네요. 우등생이었다는 둘째오빠는 담배 연기가 되어 어머니 가슴속을 들락거리며 수십 년 함께 살아가고 있습니다.

−「담배」부분

이 사연도 아마 사실일 것이다. 어머니는 자식을 가슴 한 쪽에 묻었지만 억장이 무너진다. 미칠 것만 같다. 담배를 벗삼아 슬픔을 달랜 그 어머니는 남편의 무덤가에 가서 한 모금 빤 후 상석 위에 올려놓는다. 둘째아들을 잃고 남편을 잃고…… 그 어머니의 마음을 우리는 흔히 '한'이라고 한다. 시인은 '한'이라는 시어를 사용하지 않았지만 해설자는 시편을 읽으면서 한 많은, 한 맺힌, 한스런 사연이로고…… 이런 말이 계속 뇌리를 맴돌았다. 그렇다. 이 시집에는 한 많은 여인들이 나온다. 남편을 대신해 사업에 뛰어들었다가 "망한 언니"들도 있다. 철망 꽂고 비닐만 씌우면 딸기가 열리는 줄 알았던 언니, 물 틀어놓고 돈 받기만 하면 되는 줄 알았던 목욕탕 언니, 새 옷 걸고 기다리기만 하면 옷이 팔리는 줄 알았던 옷가게 언니, 예쁜 그릇에 안주만 담으면 큰돈 벌 줄 알았던 실비집 언니. 잠 안 자고 문 열어놓으면 저절로 될 줄 알았던 24시 편의점 언니…… 모두 망했다. 이 시집에는 이렇듯 실패한 인생도 많이 나오고 힘겹게 살아가는 사람들도 많이 나온다. 서민들이 한세상 살아가는 것이 참 쉽지 않다.

사방이 화물차로 둘러싸인 사계절식당에는
낡은 덤프트럭 경적 같은 목청을 가진 단골이 많다
술에 취하면 두 다리를 잃은 아들에게 전화를 거는 박씨
주먹계의 무용담을 들먹이며 식탁을 내리치는 왕씨
터미널 다방 이양의 궁둥이를 슬쩍 슬쩍 건드리는 김씨
'에그 지겨운 세상'을 입에 달고 사는 완사 댁은
개수대 빡빡 문지르며 주정하는 단골들 흘끔거린다
무적無敵 바퀴 허기로 부풀리며 전국을 돌고도
번번이 흙먼지만 싣고 온 차량들
역마살 한탄하며 또다시 순번을 기다린다
그 기다림에 지친 몇몇 기사의 아내는 집을 나갔고
때깔 좋고 용량 넓은 신도시로 떠난 기사도 여럿 있다
                              −「지겨운 풍경」 부분

　화물차 운전자들이 들르는 변두리 식당의 모습이 어쩐지 을씨
년스럽다. 다 나름의 사연이 있고 상처가 있고 회한이 있는 사람
들, 바로 장삼이사 이 땅 서민의 모습이다. 가족이 한 집에 모여
아옹다옹하면서 사는 것도 복이다. 가족이 하루에 한 끼라도 같
이 밥 먹을 수 있으면 행복이다. 생업이 이들을 이 식당에서 밥
먹게 한다. 단골들을 바라보는 완사 댁의 시선에는 측은지심이
담겨 있다. 이 세상에는 잘 먹고 잘 사는 사람도 많은데 이들은
삼시세끼 먹고 산다는 것이 버겁다. 이들의 버거운 삶을 유심히
보고 섬세하게 묘사하는 시인의 솜씨가 또한 예사롭지 않다.

손톱눈에 찍힌 상처 같은 박 씨의 아픔을 닮은 오후가
꾸역꾸역 목젖을 움직이는 창문 너머로
쉰이 넘어도 집 한 채 지니지 못한
텅, 텅, 빈 바람만 죽자고 들어온다
빈 그릇 수거해 가는 완사 댁 등허리 들추는 시퍼런 바람
또 누가 빈 차로 왔나 보다
집채만 한 경적이 지루한 오후를 덮친다
　　　　　　　　　　　－「지겨운 풍경」 끝부분

　이런 구절은 절창이 아닌가. 화물차 운전자들의 신산한 삶을
이렇게 잘 그린 시는, 내가 아는 한 이 나라 문학사에 없었다. 간
혹 화물차 운전자들이 집단행동을 하면 저 사람들 왜 또 저래,
하고 우리는 눈살을 찌푸리지 않았던가. 고속도로를 운전해서
갈 때 화물차를 보면 경원시하면서 피하지 않았던가. 그들의 애
환을 담아낸 이 한 편의 시 앞에서 겸손하게 옷깃을 여민다.
　이 시집에는 이렇게 애잔한 시만 나오는 것이 아니다. 유머러
스한 시들이 종종 보여 입가에 미소를 머금게 되는데, 미소는 때
로 쓴웃음으로 바뀐다. 웃음 속에도 서글픔이 있고 재미 속에도
애처로움이 있다.

어느 날 남편이 말했다
자기를 대하는 목소리와 아들과 얘기하는
내 목소리 톤이 다르다고
자기를 대하는 소리에는 앙살이 들어 있고

아들과 얘기하는 소리에는 부드러움이 묻어 있다고
맞는 말이다
남편만 쳐다보면 마음고생 몸 고생 시킨 것만 떠오르고
아들은 우등생인데다 이쁜 짓만 골라 하니까

그러니까 평소에 좀 잘하지 인간아
　　　　　　　　　　－「목소리」전문

　부부지간은 실상 남남이고 부모-자식 간이 진정한 혈연지간
이다. 남녀가 사랑을 하게 되면 몇 개월 동안은 도파민인지 아드
레날린인지가 분비되는데, 그것이 몇 개월 넘어서면 양이 확 줄
어든다고 한다. 부부가 몇 년 같이 살면 정으로 사는 거지 사랑
으로 사는 게 아니라는 말도 한다. 중년이나 노년 부부가 금슬이
좋으면 주변 사람들의 부러움을 사는데, 이 시의 부부는 그렇지
않은가 보다. 특히나 아내가 남편을 대하는 태도에는 '얄미움'이
담겨 있다.

　저 이기적인 남자와 기어코 갈라서리라
　마지막이라 생각하고 이부자리에 눕는다
　새벽녘 남자가 돌아누우며 신음한다
　고질병처럼 굳어진 어깨 통증
　연골이 닳아 물이 찬 무릎
　여자도 돌아누우며 끙끙거린다
　불면을 부추기는 허리 디스크

족저근막염에 시달리는 발
골병만 남은 두 몸뚱이
미움과 애틋함의 촉이 선다
참말이지, 문디 인간
더럽게 불쌍하네
이혼은 또 물 건너갔네

—「이부자리 밑에서」 전문

중년에(혹은 노년에) 접어든 부부의 이부자리 모습이다. 남편은 나이 들면 더욱더 이기적이 된다. 그 꼴이 아내는 보기 싫다. 그런데 새벽녘에 들려오는 남편의 신음소리가 황혼이혼 결심을 한 아내의 마음을 돌려세운다. 아내도 허리 디스크에 족저근막염에 시달리고 있다. 일종의 직업병이리라. "참말이지, 문디 인간/ 더럽게 불쌍하네"는 아내의 마음속 말이다. 미소가 쓴웃음으로, 쓴웃음이 미소로 바뀐다. 이런 식의 유머감각은 「부부싸움」「부부관계」「좌절 모드」「애교 좀 떨어 봐」 등에서도 확인할 수 있다. 하지만 이 시집에서 해설자가 간과할 수 없는 세계는 역시 중년여성의 건강한 생명력이다.

밤늦은 시각 대폿집을 파장한 아줌마 셋
시든 배추 같은 몸을 일으켜 배드민턴을 친다
노동에 찌든 몸은 운동으로 풀어야 하지
몸으로 먹고 사는 사람들은 체력을 길러야 혀
다부진 몸매의 전주 댁이 내리 꽂히는 콕을 쳐 올린다

물살로 출렁거리는 밀양 댁은
한 번 쳐 올릴 때마다 방귀의 힘을 빌린다
가장 높이 떴을 때 몸을 낮추는 셔틀 콕
엉덩이부터 내려야 날개를 다치지 않는다는 진리를
일찍부터 깨달은 영은 엄마는
베트남서 아버지 같은 남자한테 시집 온
바람 한 줄기에도 흔들리는 아직 젊은 돌배기 엄마
　　　　　　　　　　　　　　　 -「배드민턴」 부분

　이 시에는 아줌마 셋이 나온다. 전주 댁과 밀양 댁과 영은 엄마 세 사람이 밤중에 배드민턴을 치고 있는 이 광경을 보면서 코끝이 찡해지는 감동이 오는 것은 무슨 이유에서일까. 몸으로 먹고 살아야 했던 전주 댁, 살이 많이 찐 밀양 댁, 아버지 같은 남자한테 시집 온 날씬한 베트남 여성 영은 엄마의 모습은 이 시대 우리 엄마들의 모습이기도 하다. 그런데 모두 밝다. 왠지 주눅이 든 남자들과는 달리 희망을 잃지 않고 있다. 남정네들이 술추렴을 할 때 아줌마들은 건강관리를 위해 배드민턴을 친다.
　시인은 진주 태생이다. 「논개의 마지막 편지」도 어찌 보면 여성을 예찬한 시다. 시인이 시집에서 이야기는 하지 않았지만 왕조시대와 구한말과 일제 강점기, 미군정 시기, 한국전쟁과 전후의 궁핍, 5 · 16에서 5 · 18로 이어진 기나긴 군사정권, 이명박 정권과 박근혜 정권의 부정부패……. 이 고난의 시절, 우리가 대한민국이라는 국가의 정체성을 지킬 수 있었던 것은 바로 아줌마들 덕분이었다. 그들의 생명력과 생활력이 집안을 지켰다. 국가를 지켰다. 노인이 되어서도 노동하는 이도 있다.

> 갈고리달 같은 노파 그림자 뒤로
> 그녀만큼 늙은 파지 실린 수레가
> 실핏줄 불거진 여윈 팔에 끌려가고
> 몸빼에 납작 달라붙는 바람
> 더딘 걸음 더욱 더디게 한다
>
> —「차도 위의 노인」 부분

시인은 나에게 꿀밤을 다시 한 밤 먹인다. 이렇게 살아가는 인생도 있다오. 당신이 아시오, 이들의 노동을. 노동의 거룩함을. 내 시에 대해 왈가왈부할 생각 말고 눈물 젖은 빵을 한번이라도 먹어보시오. 진주 중앙병원 장례식장에서 근무하는 나 천선자요. 필명은 천지경, 착하게 살고 싶지 않아서 지경이라고 지었소. 내 인생이 이 지경이라서. 고단하고 벅찬 삶을 꾸려온 시인의 이러한 고백을 해설자는 역설로 읽는다. 죽은 자들과 관련한 직업을 가진 시인의 하루하루 심정이 과연 어떨지 미루어 짐작하게 된다. 큰 슬픔과 함께 정든 이를 떠나보내야 하는 사람들 틈에서 시인이 그 동안 숱하게 봐 온 삶과 죽음의 이면이 리얼리티를 넘어 심층적 의미를 길어올리지 못했다 할지라도 충분히 의미가 있다.

시인은 발견하는 자다. 그래서 그의 시선은 이제껏 우리가 보지 못한 어떤 세계에 머문다. 천지경 시인이 그 일을 해내고 있다. 우리는 어떤 시집에서도 보지 못한 이 시대 소시민의 소소한 삶과, 삶을 향한 그들의 찐득찐득한 애착을 본다. 그것은 아마도 시인이 흔히 봐온 주검으로부터 깊어진 삶에 대한 열정 때문이리라. 천 시인의 시에서 엎치락뒤치락하는 '슬픔/위트'는 바로 '죽음/삶'에 대한 감정의 표출이다. '이 지경'인 삶이나마 하루하루 아끼면서 능동적으로 살아가는 시인이 소중하게 여겨진다.

불교문예 시인선 • 025

울음 바이러스

ⓒ천지경, 2020, Printed in Seoul, Korea

초판 1쇄 발행 | 2018년 09월 15일
초판 2쇄 발행 | 2020년 05월 07일

지은이 | 천지경
펴낸이 | 문혜관
편집인 | 이석정
디자인 | 쏠트라인saltline
펴낸곳 | 불교문예출판부

등록번호 | 제312-2005-000016호(2005년 6월 27일)
주   소 | 03656 서울시 서대문구 가좌로 2길 50
전화번호 | 02) 308-9520, 010-2642-3900
전자우편 | bulmoonye@hanmail.net

ISBN : 978-89-97276-31-8 (03810)

＊잘못된 책은 바꾸어 드립니다.
＊지은이와 협의하여 인지를 생략합니다.
＊이 책의 판권은 지은이와 불교문예출판부에 있습니다.

이 도서의 국립중앙도서관 출판예정도서목록(CIP)은 서지정보유통지
원시스템 홈페이지(http://seoji.nl.go.kr)와 국가자료공동목록시스템
(http://www.nl.go.kr/kolisnet)에서 이용하실 수 있습니다. (CIP제어
번호 : CIP2018028239)

＊ 이 책은 경남문화예술진흥원의 문화예술지원금을 보조받아 발간되
었습니다.